MOI AUSSI

JE DIRAI

CE QUE JE PENSE.

MOI AUSSI

JE DIRAI

CE QUE JE PENSE,

PAR

ALEXANDRE LECORNEY.

> On le sait, un livre n'a de réalité qu'autant qu'il ne fait que dévoiler ce qui existe; il n'a d'influence qu'à proportion qu'il développe dans chaque lecteur ce qui déjà est en lui plus ou moins obscurément : tant il est vrai qu'un homme n'est rien par lui-même, qu'il n'est rien tout seul, qu'il n'est quelque chose que par les sympathies qui sont en lui, et par celles qu'il réveille dans les autres.
>
> BALLANCHE.

PRIX : 75 CENT.

PARIS,

AU CABINET LITTÉRAIRE DE DUMONT FILS,
Palais Royal, n. 88,

ET CHEZ L'AUTEUR, RUE DU CLOITRE-ST.-BENOIT-SORBONNE, 26.

1833.

Imprimerie d'Herhan,
Rue Saint-Denis, n° 380.

C'est aux amis de la Liberté, aux braves défenseurs de la cause du Peuple que je dédie ce que *je pense* de la liste civile, ce que *je pense* des carlistes, des républicains et des doctrinaires, etc., etc. Je n'ai fait, je le sais, qu'une esquisse bien imparfaite; mais si mes tableaux sont loin d'avoir ce fini, cette élégance qui révèlent un talent supérieur, qu'au moins ma franchise me fasse trouver grâce aux yeux des lecteurs.

MOI AUSSI

JE DIRAI

CE QUE JE PENSE.

LETTRE PREMIÈRE.

LE ROI.

Paris, le..... 1833.

Mon cher Adolphe,

Je suis citoyen de Paris depuis huit jours environ ; j'habite ce que l'on appelle le *pays latin* (la rue St.-Jacques). De mes fenêtres je vois le Panthéon, veuf encore des grands hommes promis à ses caveaux.

D'après nos conventions, je dois t'entretenir de tout ce qui, dans cette ville immense, me paraîtra, politiquement parlant, mériter ton attention : je me suis mis à l'œuvre, et afin de te prouver que j'ai bien employé mon temps, je t'envoie le récit de ce qui m'est arrivé hier. Le hasard m'a bien servi. J'ai vu le roi, j'ai pu le contempler tout à mon aise, car la popularité s'use vite en France, et la foule n'était pas grande. Je ne te dirai rien de son affabilité, tu la connais ; de ses saluts, de ses serremens de mains, je ne ferais que répéter ce que l'on a dit tant de fois et de tant de manières ; mais je te confesserai en toute franchise que je ne conçois pas qu'un monarque comme Philippe, qui, par son extérieur, ressemble plutôt à un négociant retiré des affaires qu'au chef d'une nation telle que la France, touche une liste civile aussi élevée. Ses revenus particuliers sont immenses et doivent suffire et même au-delà à ses dépenses journalières, d'autant qu'il n'a que des goûts très bourgeois et qu'on ne cite de lui qu'à de bien longs intervalles quelques-unes de ces prodigalités que l'on reprochait avec raison au roi déchu. Que fait-il donc de tout l'or que lui a si généreusement alloué la chambre des députés aux dépens des contribuables, car, quoi qu'on en dise, je ne le crois pas assez avare pour aimer à thésauriser? Ces réflexions, je les faisais en moi-même en voyant passer Philippe, lorsqu'un monsieur qui se trouvait à côté de moi m'adressa la parole. — N'êtes-vous pas de mon avis? me dit-il; il y a dans cette simplicité, dans cette bonhomie une affectation qui choque les moins clairvoyans. — Je ne crus pas devoir répondre. Mon interlocuteur continua : — Si la France eût joui du bonheur qu'elle était en droit d'attendre d'une royauté de son *choix;* que le programme juré à l'Hôtel-de-Ville n'eût pas servi à égayer certains salons aux dépens du peuple; que la croix de juillet ne fût pas devenue un titre de plus à la persécution; que le gouvernement, plus acharné encore que le ministère Polignac, n'eût pas déclaré une guerre à mort à la liberté de la presse, quand il eût été si digne de son origine de s'éclairer par elle et de respecter toutes les opinions; si la Pologne et l'Italie eussent trouvé dans nos hommes d'état cet appui, cet accueil qu'elles étaient en droit d'attendre; si l'on ne se tenait pas à genoux devant la Sainte-Alliance quand il serait encore si facile, en faisant un appel aux patriotes du nord, de lui imposer la loi et de demander compte à l'infâme Nicolas du sang polonais qu'il a versé et qu'il verse encore.... oh! alors, monsieur, j'aimerais Philippe; son affabilité, ses serremens de mains, ne seraient plus à mes yeux une lâche hypocrisie, une dérision amère : ils seraient l'expression franche et loyale des sentimens d'un roi vraiment national et l'ami le plus dévoué du peuple..... N'est-ce pas cela, monsieur?— Et mon inconnu me regarda bien fixement.

Une telle sortie de la part d'un homme que je ne connaissais pas était bien faite pour me surprendre. Etait-ce une victime du gouvernement, un républicain exalté qui ne pouvait maîtriser son indignation? il y avait alors imprudence de sa part : il ignorait qui j'étais, à quelle opinion j'appartenais. Ou plutôt n'était-ce pas, comme il y en a tant à Paris, un adroit espion qui voulait sonder ma pensée et m'arracher un aveu qui m'eût coûté la liberté? Dans le doute, je jugeai plus prudent de garder le silence et même de me retirer. Je sus bientôt à quoi m'en tenir sur le compte de ce personnage : un peu plus loin, je le vis accoster des sergens de ville : ce n'était qu'un suppôt de police.

Ce qui m'est arrivé n'a pas besoin de commentaire; tu sens toi-même tout l'odieux d'une pareille conduite; avis aux patriotes!......

Tout à toi, etc.

—

LETTRE II.

DES PARTIS.

Paris, le..... 1833.

Mon cher Adolphe,

Je t'ai parlé du roi; tu ne seras sans doute pas fâché de faire connaissance avec les trois partis qui partagent aujourd'hui Paris comme en trois camps bien distincts : le parti carliste, le parti républicain et le juste-milieu. Le premier est rétrograde, le second progressif et le troisième stationnaire. Le parti carliste, que la révolution de juillet a mal corrigé, tourne encore ses regards du côté de Prague et rêve un retour désormais impossible, car la monarchie aristocratique est une vieille masure qui tombe en ruines de toutes parts. Il compte pour champions les nobles, les prêtres et ceux que la révolution a déplacés. Le parti républicain, qui a tant fait pour le roi, et que le roi persécute, dédaigne le passé, méprise le présent et compte plus que jamais sur l'avenir. Il ne veut pas la république comme les Philippistes feignent de le croire, c'est-à-dire celle de 93 avec ses terreurs, ses proscriptions et ses échafauds; mais la république telle que l'entendent les gens raisonnables, amis sincères de leur pays, et telle que l'a si bien développée le *Populaire* dans un de ses numéros :

« Nous voulons, a dit ce journal, une république » basée sur le principe de la souveraineté du peuple; » une république dans laquelle ce principe ne soit » pas un vain mot, mais le fondement sacré de tout » l'édifice social. Nous voulons que la constitution » soit faite par le peuple entier ou par des manda- » taires élus par lui ; que le premier de tous les pou- » voirs soit le *pouvoir populaire*, ou national, ou » constituant ou délégant, ou *électoral;* que ce » dogme politique soit inscrit, proclamé, rappelé » sans cesse et partout, dans nos lois, dans nos » fêtes, sur nos théâtres, dans nos monumens » publics, dans les produits des arts et des lettres ; » que tout s'incline devant la *majesté* de la *nation* » ou du *peuple*, et devant l'expression de sa volonté, » c'est-à-dire la *constitution* et la *loi;* que le premier » des titres soit celui de *citoyen*, et que le fonction- » naire public, traité avec égards, traite lui-même » le plus obscur citoyen avec le respect qu'on doit » à l'un des membres du pouvoir souverain.

» Nous voulons que la constitution garantisse les » *droits naturels* de l'homme, la liberté, l'égalité, la » sûreté personnelle, la résistance à l'oppression, et » la propriété.

» Nous voulons que le citoyen soit *libre* de faire » tout ce qui ne blesse pas les droits d'autrui; *libre* » d'exercer son culte religieux; libre de publier ses » opinions sur les affaires publiques, sans être entra- » vé ni par une censure quelconque, ni par un timbre, » ni par un cautionnement, en répondant seulement

» de ses calomnies; libre de s'associer, de s'assembler et de pétitionner; *libre* d'aller et venir; *libre* d'enseigner ou d'exercer l'industrie qui lui convient, sans être enchaîné par des priviléges et des monopoles, ni par des patentes et des douanes, etc., etc. »

Eh bien ! mon cher Adolphe, que dis-tu de cet exposé? Pour moi, je t'avoue qu'il entre tout-à-fait dans mes goûts; c'est bien ainsi que j'entends la république ; mais comme je connais un peu les hommes, égoïstes et ambitieux d'abord et patriotes ensuite (je parle ici du grand nombre), je doute que l'on puisse arriver facilement à une république ainsi basée. Sous la république, comme dans les monarchies, tant que l'on aura des places à donner, on comptera pour partisans ceux mêmes qui crient le plus contre elle aujourd'hui; mais quand on parlera de désintéressement, de dévouement à la chose publique, que de renégats alors!... Voilà ce qui m'effraie, ce qui parfois me décourage.

Le parti républicain compte dans son sein presque toute la jeunesse éclairée et cette classe estimable de citoyens si dédaigneusement appelés le peuple par les puissans du jour. Ils sont pauvres ceux-là, mais au jour du danger, ils ne restent jamais en arrière...Philippe le sait bien! Sans eux que serait-il aujourd'hui?

J'arrive au troisième parti : le doctrinaire. Le gouvernement flatte beaucoup ce parti parce que seul il fait sa force ; mais croirait-il par hasard à son amour? Il y aurait folie, aveuglement de sa part : le doctrinaire n'aime personne, à commencer par lui. S'il fait mine de soutenir ce qu'il nomme avec emphase la royauté de son choix, ce n'est que par peur, par égoïsme. Comme, pour le tenir sans cesse en haleine, on lui parle d'échafaud, de pillage, si la république triomphe, et qu'il tremble pour sa boutique, il recule d'horreur à la vue d'un républicain, et faute de mieux il se cramponne à son tour de toutes ses forces après le gouvernement devenu son ancre de salut. Qu'ensuite ce même gouvernement entasse les généreux défenseurs de la cause du peuple dans les cachots de la Conciergerie ou de la Force ; qu'il les enterre vivans au mont St.-Michel ; qu'il mette Paris en état de siége ; qu'il élève même des forts détachés pour mitrailler peut-être plus tard nos murailles, pourvu qu'il puisse, lui doctrinaire, ouvrir et fermer sa boutique aux mêmes heures, se pavaner, sans danger bien entendu, aux revues avec l'habit de garde national et le sac au dos, que lui importe le reste ? il ne se plaindra pas. Mais en dépit de toutes les belles promesses qu'on lui a faites, on augmente chaque année ses impôts, il n'échappe même pas aux amendes tracassières de la police. Que lui importent encore les impôts, les amendes ? il est trop bon citoyen pour ne pas payer, il est trop ami de l'ordre pour se permettre un simple murmure. Loin de là : « Tout va bien, vous dit-il en se frottant les mains, *enfoncé la république!* le gouvernement *fait de la force.* »

Il y a, n'est-il pas vrai, quelque chose d'étrange et de risible dans la conduite et le raisonnement de ce parti. J'en conviens, mais qu'y faire ? Nous ne pouvons que le plaindre : c'est un enfant malade qui ne connaît pas le danger de sa position. Composé généralement d'hommes faibles de caractère et qui n'en sont encore qu'à l'*a b c* de la politique, il a besoin d'indulgence. Il s'est vu choyé, fêté, dorloté tant de fois ; on lui a répété si souvent qu'il était quelque chose, qu'il a fini par le croire : cherchons donc à l'éclairer. Jusque là, tant qu'on lui laissera son uniforme de garde national, qu'on le passera en revue et qu'on lui dira : *Cher camarade !* on pourra tout entreprendre impunément.

Tu connais maintenant les trois partis qui divisent Paris, et je ne doute pas que, comme moi, tu ne sympathises de cœur avec le parti républicain, parce que seul il marche avec le siècle, seul il comprend ses besoins ; mais par la même raison je voudrais qu'il fût parfois plus circonspect, qu'il commandât un peu plus à sa trop juste indignation ; et qu'il se montrât surtout plus modéré dans ses écrits. Peut-être alors forcerait-il enfin au silence ceux qui aujourd'hui ont intérêt à ne pas l'entendre et à le salir de leurs lâches calomnies.

Je termine ma lettre un peu longue en t'embrassant.

Tout à toi, etc.

LETTRE III.

DE LA POLICE.

Paris, le..... 1833.

Mon cher Adolphe,

Un mot aujourd'hui sur la police, dont on dit si peu de bien et tant de mal depuis surtout que, se faisant le *Don Quichotte* du juste-milieu, elle poursuit les patriotes avec un acharnement qui trouve à peine son excuse dans la haine qu'elle leur a vouée. Je ne te répéterai pas tout ce qui se débite journellement sur son compte : ce serait à n'en plus finir; qu'il te suffise de savoir que, grâce à cette *politicomanie* qui la travaille et lui fait négliger la partie la plus essentielle de son service, la recherche des malfaiteurs, les vols et même les assassinats se multiplient à tel point dans la capitale, que bientôt à minuit il y aura de la témérité à s'aventurer seul et sans armes dans les rues.

Cependant, quand à la moindre alerte politique, on voit surgir de toutes parts comme par enchantement et manœuvrer les agens de police avec un ensemble digne d'éloges en toute autre circonstance, n'est-il pas à regretter qu'elle ne déploie pas le même zèle lorsqu'il s'agit de la vie des citoyens? Sa négligence est même d'autant plus criminelle, que les troupes de ligne, les gardes nationale et municipale, les sergens de ville et les brigades de sûreté dont elle peut diposer, suffiraient et au-delà pour faire respecter les personnes et les propriétés.

Je demanderai, par exemple, à M. le préfet, pourquoi il diminue le nombre des corps-de-garde, déjà si minime (1)? Ne conviendrait-il pas au contraire de l'augmenter et d'exiger aussi que le service des patrouilles se fît un peu mieux et aux heures surtout où Paris est le plus dangereux, de une à quatre le matin? Et de quoi m'avisé-je là, je te prie? ne sais-je donc pas que de nouveaux corps-de-garde à établir dans la capitale, qu'un service de patrouilles à organiser tout-à-fait dans l'intérêt de la sûreté publique, sont choses que doit dédaigner un préfet qui veut à tout prix faire parler de lui : une bonne *capture républicaine* convient bien mieux à son génie remuant.

Maintenant, par transition naturelle, passons et arrêtons-nous un instant à l'exécuteur soumis des *hautes-œuvres* de la police, au sergent de ville, qui s'est acquis dans ces dernières années une si triste célébrité..... *Quàm mutatus ab ipso!* Qu'il ressemble peu à ce qu'il était à son origine sous l'administra-

(1) Pour ne parler ici que de mon quartier, du petit pont de l'Hôtel-Dieu à la barrière Saint-Jacques; du Palais de Justice à la place Saint-Michel, il n'y a pas un seul corps-de-garde. Ne devrait-on pas en placer un au moins à la place Cambrai et un second à l'entrée de la rue de la Vieille Boucleric?

tion toute paternelle de M. Debelleyme! Institué pour aider le commissaire de police dans ses fonctions, ce n'était qu'un conciliateur, qu'un homme chargé de maintenir l'ordre et d'apaiser les querelles qui pouvaient s'élever. Son habit n'avait alors rien d'odieux, et si le signe de l'honneur brillait sur sa poitrine, il n'était personne qui en fût scandalisé. Mais aujourd'hui que le sergent de ville se croit tout permis et n'abuse que trop souvent de l'autorité dont il est revêtu, quel vrai citoyen n'éprouve en sa présence un sentiment pénible? Comment voir sans dégoût la croix attachée à sa boutonnière? C'est un débris de notre vieille armée, me dira-t-on; il est alors bien déchu. Cette croix il l'a gagnée sur le champ de bataille, que m'importe? je n'en conteste pas ici la validité (1); mais puisqu'un chiffonnier ou un décrotteur, dans l'exercice de leurs fonctions, ne portent pas celle qu'ils ont pu gagner aussi justement, je voudrais que le sergent de ville, à plus forte raison, eût le même respect pour sa croix; car les fonctions d'un décrotteur ou d'un chiffonnier n'ont du moins rien de dégradant: un cœur d'homme peut battre encore sous des vêtemens grossiers, mais sous l'habit le plus fin d'un espion!... Ah! fi donc!...

Il n'en est pas ainsi, et le sergent de ville, bravant l'opinion publique, étouffant sans doute le cri de sa conscience, étale avec orgueil la croix-d'honneur!

(1) Il en est quelques-uns sans doute qui ont aussi trouvé dans la croix un dédommagement aux fatigues qu'ils ont essuyées dans les émeutes, aux coups d'épées qu'ils ont donnés.

Bien plus, ce même homme ne manque pas de suffisance. Il porte la tête haute, son regard est assuré, sa démarche est altière.... Entre-t-il dans une maison, il se croit dispensé des plus simples politesses : il ne salue personne et garde son chapeau sur la tête.... Que faire à cela? se fâcher?... on aura toujours tort.... c'est une puissance!.... il a pour lui la force brutale!... Rire de pitié?... à la bonne heure; pour le présent c'est le parti le plus sage (1).

J'aurais beaucoup encore à reprocher à la police; mais, comme toute vérité n'est pas bonne à dire, je crois plus prudent de terminer ici ma lettre.

Je t'embrasse de tout cœur.

Tout à toi, etc.

(1) Je ne parle ici que du sergent de ville en costume; il peut être un fort brave homme dans la vie privée, ce que, du reste, je ne tiens nullement à vérifier.

—

LETTRE IV.

DES REVUES DE LA GARDE NATIONALE.

Paris, le..... 1835.

Mon cher Adolphe,

J'ai été réveillé ce matin par le bruit assourdissant du tambour, et je n'aurais su que penser de tout ce vacarme si je ne m'étais rappelé aussitôt que le roi devait passer en revue la garde nationale de Paris et de la banlieue.

Je t'avouerai frauchement que j'ai peine à m'expliquer le but d'une revue de la garde nationale, aujourd'hui que nous ne sommes plus à cette époque si courte d'engoûment factice ou vrai, où le peuple et le roi avaient besoin de se voir souvent et de se mieux connaître. Est-ce afin de donner au monarque l'occasion de se trouver au milieu de ses *chers camarades?* mais chaque jour, il peut le matin, à la garde montante, se promener dans leurs rangs et les voir manœuvrer à tour de rôle dans les cours du Carrousel. Est-ce plutôt afin d'entretenir dans la garde nationale ce zèle belligérant qui constitue le bon soldat? Il y aurait alors simplicité, car tous ces bons citoyens, gens fort estimables du reste, ne sont ni plus ni moins belliqueux après qu'avant la revue. D'ailleurs sur quel champ de bataille doivent-ils donc figurer ? où est l'ennemi qu'ils ont à combattre, depuis surtout que l'émeute n'est plus à l'ordre du jour? voilà pour ce qui regarde les Parisiens.

Je demanderai maintenant s'il est bien dans l'ordre, humainement parlant, de faire venir de cinq ou six lieues à la ronde de braves gens qui ne quittent qu'à regret, et par force le plus souvent, leurs villages et leurs travaux, et de les planter le long des boulevarts pendant quatre heures au moins pour se procurer le plaisir de passer dans leurs rangs et de leur donner, non pas à dîner, ce qui ne serait pas le plus désagréable, mais force coups de chapeaux. Tu conviendras qu'il y a d'une part abus bien grand, et de l'autre excès de complaisance pour ne pas dire plus.

Quant à moi, si j'avais l'honneur d'être garde national, je me dirais : Philippe a la manie des revues comme Charles X avait celle de la chasse (1), libre à lui de se contenter, mais je ne me sens pas d'humeur à lui servir de complaisant en pareil cas.

Cependant pour être juste, je te dirai qu'à part les fatigues et l'ennui qui reviennent de droit aux soldats citoyens, les revues ont leur bon côté : les restaurateurs, les marchands de vins et les pâtissiers ambulans y trouvent leur compte. Les tailleurs,

(1) Ou ne serait-ce pas plutôt un moyen tout comme un autre de faire de l'économie? car nous voyons que grâce aux revues et aux bals par souscriptions, Philippe sait, sans bourse délier, amuser ses confrères les rois.

les chapeliers et les blanchisseuses n'ont pas non plus à s'en plaindre; car chacun a son petit amour-propre; chacun veut se faire *beau* pour aller à la revue dans l'espoir d'obtenir un regard du souverain, ce qui n'est pas peu de chose ; et l'on nous parle de civilisation, de progrès des lumières !... O vanité des vanités ! le monde sera donc toujours le même? Hélas ! oui, en grande partie du moins ; il ne changera pas plus, mon cher Adolphe, que l'amitié qui nous unit.

Tout à toi, etc.

LETTRE V.

DES ASSOCIATIONS D'OUVRIERS.

Paris, le.... 1833.

Mon cher Adolphe,

Au moment où à Paris comme en province les ouvriers de tous les corps d'états s'associent, tu ne seras pas fâché sans doute de savoir pourquoi : je vais tâcher de te satisfaire.

Les ouvriers s'associent parce qu'ils sentent enfin que l'association seule fait la force et que par elle ils échapperont aux exigences quelque peu tyranniques de certains chefs d'ateliers qui se croient tout permis parce qu'ils commandent. Les ouvriers s'associent, parce qu'ils pensent qu'il est un terme à toute chose et qu'il n'est pas juste que les bénéfices soient tout entiers du côté de ceux qui les emploient, et qu'on ne leur laisse que la fatigue et la misère. Ils veulent bien prêter leurs bras et leur industrie, mais pour plus qu'un morceau de pain et des sabots. Les ouvriers s'associent, parce qu'ils veulent, en mettant leurs fonds en commun, s'entr'aider dans leurs maladies et s'assurer un avenir moins affreux.

Tel est, mon cher Adolphe, le but que se proposent les ouvriers. Qui pourrait sérieusement les blâmer de leur détermination ? mais surtout que ces associations ne revêtent point un caractère hostile : la liberté doit exister pour tous ; que ce soit le raisonnement et non la force qui décide ceux de leurs camarades qui auraient refusé jusqu'ici d'entrer dans leurs associations. Qu'ils soient calmes dans leurs délibérations ; point de mots de haine contre leurs patrons qui doivent être libres à leur tour de refuser ou d'accepter leurs conditions.

Jusqu'à ce jour tout s'est passé au mieux ; et beaucoup de chefs d'ateliers, hommes sages et justes, ont même accordé l'augmentation réclamée par leurs ouvriers (1). Cependant certains hommes qui se piquent de sagacité, et qui voient la république partout, ont voulu donner une couleur politique à ces associations. Je ne te répéterai pas leurs absurdes raisonnemens à ce sujet, c'est à faire hausser les épaules, mais je leur demanderai, à ces sagaces du jour, pourquoi à une époque aussi progressive que la nôtre où chacun cherche à augmenter son bien-être, à l'ouvrier seul serait refusée cette faculté ? De ce que jusqu'ici son salaire n'aura été que de deux, trois ou quatre francs par jour, selon l'état qu'il exerce, s'ensuit-il donc qu'il ne puisse prétendre à une augmentation, devenue nécessaire aujourd'hui ? Et que répondre à ceux qui soutiennent que quarante sous sont plus que suffisans pour l'entretien de l'ouvrier ? ils n'ont donc jamais visité les

(1) Excepté les tailleurs qui ont préféré pour leurs ouvriers une condamnation à un arrangement.

Monts-de-Piété, où tant de malheureux vont journellement, pour remplir leurs obligations, déposer leur dernier vêtement? Quarante sous sont plus que suffisans, disent-ils, pour l'entretien de l'ouvrier, et nous entendons de hauts personnages se plaindre qu'un traitement de 50 ou 60,000 fr. ne peut suffire à leurs dépenses d'une année !.. une telle somme ferait pourtant vivre honorablement bien des familles.

Je sais que l'on m'objectera que les chefs d'ateliers sont exposés à toutes les chances du commerce; que s'ils font de gros bénéfices quelquefois, ils font aussi de grandes pertes; qu'ils paient de forts impôts, et qu'ils ont de plus des frais d'établissement et d'entretien. Je ne vais pas à l'encontre; mais l'ouvrier, à son tour, n'a-t-il donc aucune charge? n'a-t-il pas également des frais de maison? ils sont moins grands, d'accord; mais tout est relatif; l'ouvrier aussi gagne beaucoup moins, et il a de plus contre lui bien des chances que n'a pas le chef d'atelier (1). S'il est malade, il ne gagne plus rien; il faut alors qu'il prélève sur ses petites économies ses frais de

(1) Un chef d'atelier trouve d'ordinaire dans sa vieillesse la récompense de ses travaux. Mais l'ouvrier, dont le gain journalier suffit à peine à sa subsistance et à celle de sa famille, que lui reste-t-il quand il ne peut plus travailler ? la misère et la douleur. Encore si une maison de retraite s'ouvrait gratuitement devant lui ? Mais il faut payer pour entrer dans les hospices de la vieillesse, il faut avoir de plus de grandes protections. A Bicêtre seul on est admis sans rétribution pourvu qu'on soit fortement recommandé et qu'on ait atteint sa soixante-dixième année. Affreuse dérision !

ménage, de médecins et de médicamens. S'il n'a pas d'économies, ce qui arrive le plus souvent, il faut qu'il vende ses effets, pour faire face à ses dépenses, ou qu'il aille à l'hôpital.

Pour moi, je le déclare, mon cher Adolphe, j'approuve ces associations, elles me semblent basées sur la justice et le bon droit, et je dirai aux ouvriers : Associez-vous, mes amis, vous êtes dans la Charte, et vos patrons n'y sont pas toujours, puisque parfois ils se coalisent contre vous. Associez-vous, le moment de la régénération est arrivé pour vous ; que les hommes qui vous exploitent et souvent vous méprisent apprennent que vous êtes *autre chose* que des bêtes de somme que l'on fait plier sous le fardeau et auxquelles la plainte même est interdite (1).

Je finis en t'embrassant.

Tout à toi, etc.

(1) Je ne parle ici qu'en général, car je connais des chefs d'ateliers qui, par leurs bons procédés, se sont acquis des droits à l'estime de leurs ouvriers.

—

LETTRE VI.

—

DES PRÊTRES ET DES FRÈRES IGNORANTINS.

Paris, le..... 1833.

Mon cher Adolphe,

Je croyais bonnement que la révolution de juillet avait détruit tous les abus, mis un terme à toutes les exactions. Je comptais, comme tu le vois, diablement sans mon hôte. La révolution a bien eu mission de renverser un roi, c'était la moindre des choses, et d'en nommer un autre à sa place ; mais quand elle a voulu faire plus, une main puissante l'a arrêtée tout-à-coup et lui a dit : Tu n'iras pasplus loin. Il faut du moins le supposer ainsi puisqu'à l'exception du roi, des ministres et de quelques hauts et puissans seigneurs, tout se trouve absolument dans le même état qu'avant les trois jours. Cependant, si j'ai pu croire à des réformes que réclamait notre époque; si j'ai pu croire que les hommes appelés au pouvoir profiteraient de la leçon terrible que venait de leur donner le peuple, je suis peut-être excusable, puisque les prêtres eux-mêmes qui, plus que personne, doivent se connaître en Escobards, ont craint un instant qu'avec le trône vermoulu de Charles X ne fût tombée leur puissance.

Mais grâce aux maladresses du gouvernement, à ses demi-mesures, peut-être même à ses avances, ils n'ont pas tardé à reprendre et leur aplomb et leur audace. Aussi ces hommes qui osaient à peine se montrer dans les rues sous le modeste habit laïc, sortent, et depuis long-tems déjà, avec le costume ecclésiastique. Si je n'avais pourtant à leur reprocher que cette petite bravade, je n'en parlerais pas ; mais quand je les vois, en Vendée surtout, organiser la guerre civile, appeler à la révolte des hommes crédules et ignorans ; quand je les vois refuser l'entrée de l'église à quiconque n'a pas de son vivant cru à leurs jongleries superstitieuses et a pensé que l'on pouvait être religieux sans ajouter foi à de ridicules mascarades ; je te l'avoue, j'ai peine alors, à m'expliquer la politique du gouvernement, assez faible pour ne pas parler et agir en maître en pareil cas.

Il faut une religion dans un état, me répondront tous les prétendus gens à principes. — Et qui le conteste ? Ne confondez pas la religion si belle et si pure avec le fanatisme ! — Il faut des ministres pour enseigner la morale de l'Évangile. — Qui le conteste encore ? Suis-je venu vous dire qu'il ne fallait plus de prêtres ? Non. Mais je prétends qu'ils se renferment dans leur sanctuaire. Je ne veux pas qu'ils prennent parti pour tel ou tel monarque, et transforment la chaire évangélique en tribune et l'église en club. Je ne veux pas non plus qu'oubliant leur mission toute de paix et de tolérance ils prêchent encore aujourd'hui impunément la révolte contre la légalité. Que doit donc leur importer la politique ? Qu'ont-ils affaire avec une opinion plutôt qu'avec l'autre ? Qu'ils laissent au peuple le soin de débattre ses intérêts et qu'ils se souviennent que *leur royaume n'est pas de ce monde.*

Pour te donner une nouvelle preuve de la marche rétrograde que suit le gouvernement, je te dirai que les frères ignorantins, ces Baziles de notre époque, ont également repris leur longue robe et leur grand chapeau plat. Pourtant, après la révolution, si l'on n'a pas osé les supprimer tout-à-fait, ce qui eût été le plus convenable, on leur avait au moins fait défense de porter leur costume ridicule.

Ah! mon cher Adolphe, au train qu'y va le gouvernement, il ne faut bientôt désespérer de rien, et je ne serais pas surpris de revoir les jésuites en honneur. On dit même l'archevêque de Paris assez bien en cour. Mais assez causé: en dépit de la prétendue liberté qu'on nous a octroyée, il en coûte parfois d'être trop franc. Je tiens d'ailleurs beaucoup à ne pas me brouiller avec le préfet de police, qui, grâce à ses nombreux auxiliaires, répond à ceux qui osent crier à l'arbitraire :

La raison du plus fort est toujours la meilleure,

et les fait écrouer à la Force ou à la Conciergerie, sans autre forme de procès.

Cependant, il y a peut-être de ma part un peu d'exagération, car à entendre le juste-milieu, *la Charte aujourd'hui est bien une vérité*; jamais liberté de la presse ne fut plus grande; on peut tout dire et tout écrire, à la condition expresse qu'on ne parlera ni du roi, ni des ministres, ni du préfet de police, ni des sergens de ville, ni du clergé, ni même des frères ignorantins. La liberté de la presse existe moyennant que l'on attaque la république, que l'on calomnie bassement les hommes les plus honorables qui sont restés fidèles à leurs principes, mais que l'on respecte les doctrinaires et qu'on épargne les carlistes. Qu'en dis-tu, mon cher Adolphe? La drôle d'époque que la nôtre! les drôles de gens qui.... Mais chut donc!.... ou gare *les redresseurs de torts*, les *héros du pont d'Arcole!*.....

Tout à toi, etc.

—

LETTRE VII.

QU'EST-CE QU'UN MINISTRE ?

Paris, le.... 1833.

Mon cher Adolphe,

Si l'on te demandait, à toi campagnard qui ne lis aucun journal politique et ne connais d'autre autorité *marquante* que le maire de ton village ; si l'on te demandait, Qu'est-ce qu'un ministre? tu répondrais sans doute, d'après la haute opinion que tu dois te faire d'un tel personnage : Un ministre est un homme doué d'un génie supérieur : tout en lui commande le respect. Ce n'est point à l'intrigue, à l'abnégation de ses principes qu'il doit le poste éminent qu'il occupe ; sa probité, sa moralité, son dévoûment à la chose publique, une vie toute d'honneur et de désintéressement sont ses seuls titres à l'élévation.

C'est bien ainsi que devrait être un ministre ; mais....... Oh ! je n'ose achever : la vérité serait hideuse.

Du reste, un ministre est un heureux du jour : il touche environ 100,000 fr. et le casuel qni n'est pas à dédaigner, il habite un hôtel magnifique et dîne souvent avec le roi et la famille royale. Bagatelle que tout cela : les contribuables sont là pour payer; mais ce qui devient plus sérieux, c'est que ce personnage qui, d'après la Charte, doit répondre de toutes les sottises qu'il fait, échappe on ne peut mieux à toute responsabilité, et voilà comme :

A-t-il commis qnelqu'acte arbitraire et craint-il que la chambre ne le cite à sa barre; il en est quitte pour donner sa démission et aller se cacher à la chambre des vieillards, espèce de maison de réfuge des hauts fonctionnaires. La chambre ensuite a beau se fâcher et crier à l'infamie, justice ne lui est pas rendue. Qu'elle interpelle le successeur du transfuge, il répondra d'un ton patelin : *Que voulez-vous que j'y fasse!* et l'on passera à l'ordre du jour.

Voilà en abrégé le portrait d'un ministre, et l'on nous parle de liberté ! d'égalité!... Quelle dérision!.. Un écrivain courageux expiera dans les cachots le tort impardonnable d'avoir dit la vérité, et un ministre pourra-tout entreprendre impunément ! Pour le peuple les cours d'Assises, par le ministre les cordons et la chambre des pairs !.... Oh ! mon sang bout dans mes veines.... Et l'on souffrira de tels abus ! et par une voix puissante n'osera s'élever pour rappeler aux prévaricateurs, quels qu'ils soient, que nul ne peut sans crime se soustraire à la loi ?

Aussi, grâce à cette impunité révoltante en s'enhardit : le jury, ne jugeant que d'après sa conscience, trouve des innocens où l'on voulait trouver des coupables, et l'on veut le détruire.... La presse, dans sa noble franchise, révèle toutes les turpitudes politiques, et l'on doit la bâillonner tout-à-fait!.... Les insensés ! Ils ne voyent donc pas qu'en attaquant ce qui seul garantit nos libertés, c'est jeter enfin le gant à la nation tout entière, et si elle le ramasse ?...

Tu vois, mon cher Adolphe, que j'ai cherché à mettre à profit autant que possible mon court séjour à Paris ; mais tout cela ne peut balancer à mes yeux le plaisir que je ressens à l'avance en songeant que dans quelques jours j'oublierai auprès de toi et roi, et ministres, et partis, et que je pourrai me livrer comme par le passé à l'étude si belle de la nature. Celle-là du moins n'offre que plaisir à qui la cultive.

Je t'embrasse.

Tout à toi, etc.

—

www.ingramcontent.com/pod-product-compliance
Ingram Content Group UK Ltd.
Pitfield, Milton Keynes, MK11 3LW, UK
UKHW020520230726
13925UKWH00005B/2204

9 782019 284343